GRACIA IGLESIAS

Tembleques

COLMILLOS EN EL GIMNASIO

Ilustraciones de **NIL LÓPEZ**

MOLINO

Papel certificado por el Forest Stewardship Council®

Primera edición: septiembre de 2024

© 2024, Gracia Iglesias Lodares
© 2024, Penguin Random House Grupo Editorial, S. A. U.
Travessera de Gràcia, 47-49. 08021 Barcelona
© 2024, Nil López, por las ilustraciones
Diseño de la cubierta e interiores: Penguin Random House Grupo Editorial / Judith Sendra

Penguin Random House Grupo Editorial apoya la protección de la propiedad intelectual. La propiedad intelectual estimula la creatividad, defiende la diversidad en el ámbito de las ideas y el conocimiento, promueve la libre expresión y favorece una cultura viva. Gracias por comprar una edición autorizada de este libro y por respetar las leyes de propiedad intelectual al no reproducir ni distribuir ninguna parte de esta obra por ningún medio sin permiso. Al hacerlo está respaldando a los autores y permitiendo que PRHGE continúe publicando libros para todos los lectores. De conformidad con lo dispuesto en el artículo 67.3 del Real Decreto Ley 24/2021, de 2 de noviembre, PRHGE se reserva expresamente los derechos de reproducción y de uso de esta obra y de todos sus elementos mediante medios de lectura mecánica y otros medios adecuados a tal fin. Diríjase a CEDRO (Centro Español de Derechos Reprográficos, http://www.cedro.org) si necesita reproducir algún fragmento de esta obra.

Printed in Spain – Impreso en España

ISBN: 978-84-272-4076-6
Depósito legal: B-10.320-2024

Compuesto en Aura Digit
Impreso en Huertas Industrias Gráficas, S. A.
Fuenlabrada (Madrid)

MO 40766

*Para Ali Aliaño, mi querida supertacañona,
que fue mi espejo cuando más lo necesitaba.
Y para Sofía y Marcos, con todo mi cariño.*

KIKE

Aunque parezca el chico más guay de tercero, ¡es un miedoso! Y eso que le encantan los cómics de terror... Pero lo que más le gusta son los videojuegos: ¡ni se te ocurra tocar su Temblequestation 5!

ÁLEX

Acaba de mudarse a Pesavilla y es la chica nueva de tercero de primaria. Es muy atlética y ¡le flipa el *basket*! Es la más decidida de sus amigos y muy valiente, o eso intenta aparentar... Pero una cosa está clara: ¡tiene un don para los misterios!

PESAVILLA

Negro como el sobaco de un grillo. Oscuro como el pelo de una pulga. Así era el paisaje que se veía a través de la ventanilla del coche, y así me imaginaba también mi futuro **la noche en la que mi vida cambió para siempre**.

Verás, yo tenía nueve años y todo empezó en una carretera tenebrosa.

Viajaba con mi madre a un lugar desconocido. Nos estábamos alejando de mi casa, mis amigos, el cole, el equipo de baloncesto... Vamos, de todo lo

que me importaba. Y nadie me había preguntado si me apetecía. Por eso, puse mi mejor cara de enfado y decidí no volver a hablar nunca jamás.

En cambio, mi madre no paraba. Mientras conducía, me decía lo *guay* que iba a ser todo, que si iba a *molar* mucho, que si pronto tendría nuevos *coleguis*... ¡Uf! Me daba mucha vergüenza que hablara así.

Cada dos por tres me miraba a través del espejo retrovisor y, si veía que yo la miraba a ella, forzaba una sonrisa para parecer contenta.

Cuando se dio cuenta de que yo no pensaba soltar ni una palabra, hiciera lo que hiciera, **PASÓ AL PLAN B**. Puso una lista de canciones alegres en el reproductor de música del coche, subió el volumen y empezó a cantar a pleno pulmón.

BONITOOO, TODO ME PARECE BONITOOOOOO...

¡QUÉ BERRIDOS!

No había quién lo aguantara.

Mi madre hace muchas cosas bien: puede leer tres libros a la vez, sabe arreglar lo que sea y cocina unas croquetas de pizza deliciosas, pero cuando canta parece un burro asmático.

Además, era más cabezota que una bola de bolos y más pesada que un elefante en brazos. Cuando se empeñaba en algo, no había modo de que parase.

Desafinaba tanto que hasta los árboles se llevaban las ramas a lo alto de la copa para taparse los oídos. Bueno, puede que solo se agitaran con el viento, pero parecía que querían tirarse de los pelos, o sea, de las hojas.

También yo me agarré la cabeza con las manos y no me quedó más remedio que abrir la boca para suplicar:

—¡PARAAAAAA, POR FAVOR!

—Vamos, cariño, anímate —me dijo—. ¡Esto es una aventura! Verás como todo va a ir bien. ¡Canta conmigo! **¡BONITOOO!**

A mí todo me parecía cualquier cosa menos bonito.

—Como sigas así, va a empezar a...

Antes de que pudiera terminar la frase, comenzó el diluvio. El agua caía como si la tirasen a cubos y el coche patinaba, casi navegaba, por la carretera. El viento era cada vez más fuerte.

De pronto, una sombra oscura se abalanzó sobre nosotras.

—**¡CUIDADO, MAMÁÁÁ!**

El frenazo que dio mi madre hizo que el coche girara dos veces sobre sí mismo, como si fuera una peonza. Cerré los ojos y, cuando los abrí, ahí estaba, con la cara pegada al cristal delantero...

¡UN ESPANTAPÁJAROS!

La tormenta lo había arrancado de su poste y lo había lanzado contra el cristal delantero. Aunque... ¿Y si no fue la tormenta? ¿Y si fue otra cosa?

Creí ver una sombra que huía, pero... no, no, no, seguro que fue solo el viento.

Nos quedamos calladas mirando la sonrisa boba

del muñeco de paja. Después, sin saber por qué, me entró la risa y mamá se contagió de ella.

Reímos tanto que se nos saltaban las lágrimas, y empezó a dolernos la barriga. ¡Menudo susto nos habíamos pegado!

Mamá aprovechó la ocasión para girarse y abrazarme. Luego se separó un poco, me retiró un rizo de la cara y dijo:

—Verás como te encanta este sitio. Solo es un poco...

¡MEEEEEEEEEEEEEEEEEEEEEEEEEC!

Un bocinazo hizo que el corazón se me saliera por la boca, y casi me muero del susto cuando vi los dos enormes faros que venían hacia nosotras a toda velocidad.

—¡AAAAAAAAAAAAAAAAAAAH!

Las luces pararon justo antes de golpear el coche y convertirnos en papilla.

Era una **furgoneta negra** con un símbolo extraño dibujado en uno de los lados. Del interior salió un gigante con un gorrito ridículo que se bamboleó hacia nosotras bajo la lluvia.

—¡Recórcholis, señoritas! ¿Por qué están paradas aquí en medio? —dijo, acercando su cara a la ventanilla de mamá.

Me acurruqué en el asiento de atrás tratando de desaparecer. No es que tuviera miedo, ¡qué va! Yo era supervaliente (y lo sigo siendo, eh). Lo que pasa es que no me apetecía que el grandullón ese me viera, y ya está.

En cambio, mamá bajó la ventanilla para hablar con él. Aunque, en realidad, solo pudo balbucear palabras sin sentido.

—Eeeh... Nosotras... La tormenta... El espantapájaros...

—Tranquilas, ya ha pasado todo —dijo el tipo—. Están a salvo.

Soy Gordon Plum, director general de Trembleques S. A. ¡Bienvenidas a Pesavilla!

CARABESUGO Y EL LEÓN BAILANDO REGUETÓN

Gordon Plum era un señor grande como un oso, con la cabeza pequeña con forma de huevo y cara de besugo. Su voz sonaba como si se hubiera bebido una botella entera de suavizante, y usaba palabras raras que me hicieron reír.

Mi madre me echó una mirada de reojo, de esas que significan «cállate-o-te-mato», y, emocionada, extendió la mano para saludar al gigante:

—¡Doctora Cocogrande! ¡Qué alegría! Siento que nos hayamos conocido de esta forma. ¡Canastos! ¡Casi dejo a **Tembleques S. A.** sin nuestro fichaje estrella!

Espera, antes de seguir con la historia, tengo que aclarar algo.

Creo que no te he dicho que, aunque canta fatal y a veces hacía el ridículo intentando parecer moderna cuando yo era pequeña, mi madre siempre ha sido muy lista. Es una de las pocas personas en el mundo con un doctorado en Ingeniería de Portales de Segundo Nivel de Realidad Inventada Sin Accesorios.

Para resumir, es **INGENIERA DE P2 DE RISA**.

Seguro que te parece rarísimo; a mí también me sonaba a chino, porque es algo científico muy difícil de entender. Ella decía que iba a cambiar la forma en la que leíamos, jugábamos y aprendíamos. Por eso instituciones y empresas de diferentes países le escribían todos los días para ofrecerle trabajo.

Por suerte para mí, mi madre siempre les decía que no. Trabajaba en una pequeña fábrica de juguetes y le gustaba mucho. Lo que no le agradaba nada, en cambio, eran las mudanzas. Así que vivíamos felices y contentas, y yo no tenía más preocupaciones que las de cualquier niña o niño de mi edad.

Pero todo cambió cuando la llamaron de

Tembleques S.A.
LA MAYOR EMPRESA DE VIDEOJUEGOS DEL MUNDO

Mientras hablaba por teléfono, mamá no paraba de poner caras raras. Se sentaba, se levantaba y daba saltitos como un conejo. Casi no decía nada, se limitaba a responder «sí», «no», «ajá» y «¿de veras?».

Se despidió diciendo «lo pensaré» y, cuando colgó, empezó a reírse, soltar gemiditos y agitar las manos como una niña pequeña a la que le acaban de regalar un poni.

Después, se puso a dar vueltas por toda la casa, como un león bailando reguetón o un ratón en un laberinto. Iba del pasillo a la cocina y de la cocina al baño, murmurando palabras raras como «metaverso expandido», «fabuloso hallazgo» y «revolución lúdico-educativa a escala planetaria».

Yo no entendía nada. La miré con cara de **«¿qué porras te pasa?»** y, luego, le di un abrazo. Cuando mi madre se pone nerviosa, solo se calma con un buen achuchón.

Eso la tranquilizó. Me estrujó tan fuerte que casi

me asfixia y, después, se separó de mí, me puso las manos en los hombros, me miró a los ojos y dijo:

—Cariño, ¡nos mudamos! A mami le han ofrecido un trabajo muy bueno, pero es lejos y no podemos seguir viviendo aquí.

Como yo era una persona muy madura, decidí mostrar mi desacuerdo con calma y educación:

> ¡QUÉÉÉÉÉÉÉÉÉÉ!
> ¡NOOOOO!
> ¡NARANJAS DE LA CHINA Y UN JAMÓN!
> ¡YO NO ME MARCHO!

Mi madre, sabia y dialogante, como siempre, me dio un argumento de peso que no pude discutir:

¡TÚ HARÁS LO QUE YO TE DIGA Y PUNTO!

Y así es como acabamos en aquella carretera **tenebrosa**, camino de un pueblo lejano llamado **Pesavilla**, en una noche de tormenta, tras haber chocado con un espantapájaros que había salido de la nada, hablando con el tipo más raro del mundo, que resulta que era el nuevo jefe de mi madre.

Todavía llovía a mares y el señor Plum se empeñó en acompañarnos a nuestra nueva casa. No estaba lejos, pero era fácil confundirse de salida en la carretera, así que lo seguimos.

Conducía despacio, abriéndonos paso entre **las sombras** con los potentes faros de su furgoneta. Al llegar a un punto que no estaba señalizado de ningún modo, giró a la derecha y se metió por un camino de tierra. A lo lejos, pude intuir la silueta de la casa, tan oscura y misteriosa como lo era todo en aquel sitio.

Lo que no sabía es que allí también me esperaban

ALGUNAS SORPRESAS.

LA PERSONA TRISTE MÁS FELIZ DEL MUNDO

Tengo que admitir que, entre los sustos, la risa y la aparición del señor Plum, casi me había olvidado de mi enfado con mamá por haberme arrastrado hasta **Pesavilla**, lejos de mis amigos y de mi vida. ¡Y sin darme ninguna explicación!

¿Qué podía ser tan importante como para fastidiarme de ese modo? Cada vez que le preguntaba a mi madre qué iba a hacer en su nuevo trabajo, se ponía nerviosa y respondía:

—Es un proyecto **ultrasecreto**, cariño. No te lo puedo contar.

¿Ultrasecreto? ¿En serio? No me imaginaba al señor Carabesugo en plan James Bond salvando el mundo. Aunque... igual la cosa no iba de salvar el mundo, sino de destruirlo. Se me ocurrieron varias opciones:

- Mi madre acababa de ser reclutada por una organización maligna.

OBJETIVOS: obligarnos a todos a hacer cosas horribles, como ver vídeos de nuestros padres bailando, pasar el día emparejando calcetines o, ¡peor!, beber batido de brócoli para desayunar.

- El señor Plum era el líder de un grupo alienígena que había abducido a mi madre.

OBJETIVOS: tomar el control de la Tierra y de sus recursos naturales y echar a perder mi vida social obligándome a mudarme.

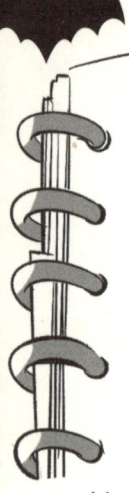

- Tembleques S. A. era un centro de espionaje de alta tecnología.
OBJETIVOS: controlarnos a través de hormigas electrónicas y acabar sustituyéndonos a todos por robots.

Al pensar de nuevo en todo eso, recordé que estaba enfadada. Así que me quedé otra vez callada, mirando por la ventanilla. Mi madre había apagado la música y no volvió a encenderla ni a cantar. Solo se escuchaba el sonido de la lluvia y el de las ruedas del coche sobre el camino de tierra. Sin darme cuenta, me quedé dormida.

Su voz me despertó de golpe:

—¡Hemos llegado!

Me froté los ojos para comprobar que no estaba soñando. ¡No podía creer lo que veía!

La casa que teníamos delante era muy pequeña, pero no necesitábamos más para las dos. Me pareció preciosa, supermona, como salida de un cuento. Podía ser la casita de caramelo de **Han-**

sel y Gretel**. Las paredes de madera parecían de galleta, tenía una sola ventana con macetas de colores y una puerta roja, como el regaliz que más me gustaba.

El tejado estaba hecho de tejas planas de color marrón chocolate, y formaba un triángulo que casi llegaba hasta el suelo. En lo más alto, la chimenea, larguísima, parecía un brazo extendido que quería tocar la luna.

Además, por todas partes había flores y árboles enormes. De uno de ellos colgaba un columpio y en la copa de otro... **¡había una cabaña!**

¡El deseo de todas las velas de cumpleaños que había soplado en mi vida estaba delante de mis narices! En un segundo, pasé de ser la persona más enfadada y triste del mundo a la más feliz.

Salí del coche corriendo. Me moría de ganas de entrar en la nueva casa, pero el pesado de Carabesugo no se iba y mamá se había puesto a hablar con él. Debían de tener muchas cosas que contarse.

En otra situación, habría aprovechado para cotillear sobre el trabajo **«ultrasecreto»** de mi madre, pero, en ese momento, lo único que quería era ver mi nueva habitación.

—Mamá —dije tirándole de la manga.

—Espera, cariño, un momentito. ¿Es que no ves que estoy hablando con el señor?

—**Pero mamááá, es que yo quiero...**

Mi madre ni me oyó. Debía de estar contando algo muy gracioso, porque Carabesugo se reía de una forma ridícula, como si tuviera hipo, y su barriga se bamboleaba cual montaña de gelatina.

Decidí ir a explorar por mi cuenta mientras ellos terminaban de hablar. ¡Menos mal que había parado de llover!

Al llegar hasta donde estaba el árbol de la ca-

baña, levanté la vista buscando la escalera para subir y vi algo raro. De la chimenea de la casa salía humo. Qué extraño. ¿Quién la habría encendido?

Pensé que igual mamá había pedido a alguien que nos esperara con la casa caliente. Así que me acerqué a ver si me dejaban entrar.

Lo que no me esperaba es que, nada más tocarla, ¡la puerta se abriera de golpe! Algo peludo y chillón salió disparado, me rozó la cabeza y me caí al suelo sin entender nada.

¿QUÉ HACÍA UN MURCIÉLAGO DENTRO DE NUESTRA CASA NUEVA?

MURCIÉLAGO A LA FUGA

Una niña rubia armada con un cazamariposas saltó por encima de mí persiguiendo al murciélago.

—¡Fede, vuelve! ¡Ven, bonito! ¡Te he preparado un cóctel de bichos y polillas para cenar!

Me levanté de un salto para seguirla. Tenía muchas preguntas que hacerle.

—¡Eh, tú! ¿Quién eres? ¿Y qué hacías ahí dentro?

Pero la niña solo quería hablar con Fede...

—¡Vuelve, chiquitín! **¡Vuelveee!**

Y Fede solo quería alejarse lo más posible de ella. Puede que no tuviera mucha hambre esa noche o que no le gustara el menú; quizá llegaba tarde al tren con destino a **Transilvania** para ver a su familia. ¿Quién sabe? Lo único que sé es que el murciélago le hizo menos caso que un vampiro a un plato de ensalada.

Corrimos y corrimos por el bosque detrás de Fede, hasta que, ¡al fin!, la niña se dio por vencida y se paró. Yo iba con la lengua colgando, ¡y eso que jugaba a baloncesto! ¿De dónde sacaba esa pequeñaja tanta energía? Yo intentando que no se me salieran los pulmones por la boca, y ella tan fresca como un repollo con lazo. Un repollo tristón, eso sí, porque no había conseguido atrapar al ratón volador que perseguía.

Se giró cabizbaja para tomar el camino de vuelta y, por fin, se dio cuenta de que yo estaba ahí.

—Anda, ¿quién eres tú? —dijo abriendo mucho sus grandes ojos azules.

—Eso mismo quiero saber yo: **¿quién eres tú y qué hacías en mi casa?** —respondí levantando una ceja y torciendo un poco la boca.

La niña abrió aún más los ojos y se le puso cara de dibujo animado japonés. Hasta las orejitas de gato de la diadema que llevaba parecieron levantarse sorprendidas.

—**¿Tu casa? ¿Qué casa?** Yo no he salido de mi casa hasta que Fede se ha escapado. Estaba entrenándolo para que fuera mi mascota, pero la puerta se ha abierto y se ha ido.

Me empecé a poner nerviosa.

—Espera, ¿tu casa? No, no, qué va. Yo estaba a punto de entrar en **MI** nueva casa cuando apareció ese bicho tuyo y me tiró al suelo. Y después saliste tú con la red y me pasaste por encima.

La niña dudó.

—¿Te pasé por encima? **¿Estás segura?**

¿Cómo que si estaba segura?

—Tan segura como que tengo la marca de la suela de tu zapato en la cara —le respondí, quizá exagerando un **poquitiiiiin**...

Entonces empezó la transformación: los ojos, de por sí grandes, se le abrieron todavía más y le empezaron a brillar, comenzó a temblarle el labio y un color rojo fresón se expandió por sus mejillas.

De ser una niña más o menos normal, pasó a convertirse en el increíble monstruo de los mocos.

—Ay, ay, ay. ¡Lo siento!

SNIF.

—¡Perdona!

SNIF.

—¿Te he hecho mucho daño?

SNIF, SNIF, SNIF.

Aulló, soltando cataratas de lágrimas, pidiéndome perdón y sorbiendo por la nariz entre palabra y palabra. Pero ¿qué le pasaba?

Antes de que pudiera decirle que estaba bien, oímos voces y vimos unas luces de linternas que se movían entre los árboles. Alguien se acercaba.

¡ÁLEEEEEX! ¡ÁLEEEEEX!

Y de nuevo una voz conocida, la de alguien que parecía haberse bebido una botella de suavizante.

—¡Cáscaras! ¡Miren! Están ahí, debajo de aquel roble.

Mi madre y los dos desconocidos se abalanzaron sobre nosotras para comprobar que estábamos sanas y salvas. El último en llegar, lento como un oso, fue Carabesugo.

—Niñas, ¿qué diantres hacéis aquí? Casi nos da un patatús al ver que habíais desaparecido.

—Perdone, señor Plum —dijo la niña rubia—. Lo siento, mamá. Lo siento, papá. Es que Fede se escapó y…

—Pero ¿quién es esta gente? —la interrumpí, mirando a mi madre en busca de una respuesta.

—Cariño, te fuiste antes de que pudiera presentártelos. Aunque, por lo que veo, ya has conocido a Sofía. Estos son sus padres: Fina y Paco.

Yo no entendía nada y debí de poner cara de idiota, porque mamá se dio cuenta. Para aclararlo, dijo algo que acabó de golpe con mi alegría. Todos los deseos de mis velas de cumpleaños se rompieron en pedazos con una sola frase:

VAMOS A VIVIR CON ELLOS, EN SU CASA.

«5»
PRÍMULA TÓNTULA

Resulta que en **Pesavilla** no había casas libres. Pero, «afortunadamente», una prima de mamá (o sea, una tía segunda mía) vivía allí y nos ofreció quedarnos con ella y su familia hasta que tuviésemos a dónde ir. Aunque no se sabía cuándo sería eso.

Éramos cinco personas en un espacio diminuto y, al ir a dormir, parecíamos sardinas en lata. Ni siquiera había camas para todos, así que a Sofía y a mí nos tocó acostarnos en el suelo, en una colchoneta.

Nada más apagar la luz, empezó la fiesta. Las paredes **temblaban** con los ronquidos de hipopótamo de la tía Fina. A su lado, los resoplidos de mi madre parecían el ronroneo de un gatito. El tío Paco hablaba en sueños y, para colmo, mi prima Sofía no paraba de moverse y darme patadas.

Fuera de la casa, también había un concierto de búhos, lobos, grillos y toda clase de criaturas nocturnas. Era como si todos tuvieran una sola misión: **no dejarme pegar ojo**.

Cuando por fin caí agotada, mi prima segunda se lanzó sobre mí haciéndome cosquillas.

¡Buenos díaaas!
¡Despierta, dormilona!

Yo gruñí como respuesta, abrí un ojo y miré hacia la ventana. Todavía estaba oscuro. Ella insistió:

—¡Date prisa! Tenemos mucho que hacer antes de ir al cole —respondió—. ¡Quiero enseñártelo todo! Mi refugio, el columpio y todas las flores. Son de plástico, para que no se pochen nunca. A mí me encantan. Hay lirios, petunias, jacintos y prímulas.

«Tú sí que eres una prímula —pensé medio dormida—, una Prímula Tóntula». Pero ella no podía escuchar mis pensamientos (menos mal), así que seguía a lo suyo. Pegó su cara sonriente a la mía con los ojos abiertos como platos y dio un gritito:

—¡Qué bien que estés aquí! Serás como mi hermana mayor. Así me protegerás de **ESO**.

—¿De «eso»? ¿Qué es «eso»? —el tono de misterio que había usado hizo que me espabilara.

—Algo **esperruznante** y **horripiloso**. Una cosa **espantatosa**, ¡un monstruo que vive en el colegio! Nadie lo ha visto, pero pasan cosas raras: chinchetas en las sillas, puertas que se abren solas, dientes de leche que desaparecen si se caen en el cole... Algunos dicen que han oído risas... **cuando estaban solos**.

Me volví a tumbar en la colchoneta. ¡Vaya bobada! No me creía lo que me contaba de **ESO**. Sofía me agarró de la mano y tiró con más fuerza de la que esperaba que tuviera.

—¡Levanta, anda! Que se hace tarde.

Después de desayunar, lavarnos y vestirnos, mi nueva prima me arrastró hasta el jardín. El sol brillaba, ¡aleluya! Ya empezaba a creer que en Pesavilla siempre era de noche.

Sofía no paraba de hablar, señalando aquí y allá:

—Eso de ahí son geranios, y eso otro perejil. El columpio lo hizo papá. Allí, aprendí a montar en bici y, ahí, se me cayó un diente. Por ese camino...

Dejé de escuchar y me distraje mirando hacia otro lado. No es que pasara del rollo que me estaba contando... Bueno, sí, un poco. Pero es que había algo que me interesaba mucho más.

—Oye, Sofi, ¿y la cabaña esa del árbol? ¿Podemos verla?

—¡Claro! **Es mi refugio**.

¡Genial! ¡Algo que parecía interesante! Un refugio, una guarida, un club para jugar, escondernos y estar a nuestra bola.

—Enséñamelo, porfa —le dije.

Ella, contenta de que por fin hiciera caso a algo suyo, me indicó que la siguiera.

Por el camino, me imaginé que la cabaña estaría pintada de rosa y decorada con alfombras, cortinitas y flores de mentira. Por lo poco que conocía a Sofía, seguro que tendría mueblecitos y un montón de cuchufletas.

Me sorprendió sentir que me hacía mucha ilusión tener una casita así. Pero ¡¿cómo?! ¡¿Por qué?! ¡Si a mí no me iban las cursiladas! Intenté disimular para que mi prima no se diera cuenta.

Trepamos por una escalera de cuerda.

Prímula... digo, Sofía, estaba contentísima y canturreaba algo sobre unos animalitos.

Confieso que me dieron ganas de cantar de alegría a mí también, pero me aguanté.

La casita no tenía puerta, solo un hueco en una de las paredes. Era pequeño y había que agacharse para poder pasar. Sofía entró delante de mí, se puso de pie y, con un gesto muy teatral, dijo:

¡BIENVENIDA AL REFUGIO!

Yo, todavía a gatas, miré alrededor pasmada, tratando de entender lo que veía. Aquello sí que no me lo esperaba.

Debía de ser una broma. Una broma HORRIPILANTE.

6
LA DOMADORA DE ARAÑAS

Me equivocaba. En la cabaña no había ni flores, ni muebles, ni cuchufletas. Las paredes no estaban pintadas de rosa; en lugar de eso, lucían una apestosa decoración de manchas de distintos tipos: algunas eran **viscosas**, otras olían a **pis** y todas daban ganas de **vomitar**.

El suelo sí que estaba alfombrado, pero de cacas de todos los tamaños, formas y colores. En la única ventana que había, que no tenía cristal, espesas telarañas hacían la función de cortinas.

Arrugué la nariz, apreté los dientes y cerré los ojos muerta de asco. Fue cuando oí la escalofriante «música» de bienvenida: el zumbido de cientos de **moscas** que revoloteaban entre la porquería.

Al volver a abrir los ojos, descubrí que las moscas no eran las únicas que habitaban la cabaña. También había hormigas, cucarachas, escarabajos y otros insectos asquerosos que correteaban por todas partes.

Yo seguía a cuatro patas, sin saber qué decir, ni qué hacer, cuando sentí un cosquilleo en mi mano derecha.

—¡¿Qué?! Pero, pero, pero... **¡ARGGGGGGGGG!** Una **araña peluda** estaba trepando por mi brazo.

—¡Oh, mira! ¡Le gustas! —dijo Sofía, cogiéndola con mucho amor—. ¿A que es una monada? Estoy enseñándole a hacer trucos. ¡Arriba, Petronila! ¡Hop, hop!

Intentaba que la araña saltase por encima de un palito que sostenía con la mano izquierda.

Me quedé mirándola, sin decidir si estaba chalada o si era muy valiente. Nunca habría imaginado que esa niña llena de lazos y purpurina fuera una domadora de arañas. Estaba pensando en eso cuando vi que mi prima levantaba la mano y se la acercaba a la cara. ¡Iba a darle un beso!

—Pero ¿¡qué haces, loca?! **¡Que te puede picar!**

Con el grito, Sofía dio un brinco y la araña aprovechó para huir.

—Ay, Álex, tienes razón, gracias.

¿Gracias? ¿No se enfadaba conmigo por haberle gritado y que se escapara su «mascota»? Madre mía, qué rara era. ¿Cómo podía ser tan educada, sensible, delicada y cursi y, al mismo tiempo, gustarle ese tipo de cosas?

—Oye —le dije—, no entiendo nada. Pareces una niña muy limpia, pero tu cabaña es tan..., tan..., tan...

Sí, lo sé, con tanto «tan, tan» parecía una campana, pero es que me costaba decírselo así, a la cara.

—¿Tan qué? —preguntó.

—Tan **sucia** y **espeluznante** —me atreví a soltar—. No pensé que te gustara tanto Halloween.

Ella me miró como si no entendiera.

—No me gusta Halloween, me asusta mucho. ¿Por qué dices eso?

—Bueno, es que este sitio da un poco de yuyu.

—¿Tienes miedo?

—¿Yo? **¡Noooooo!** ¡Qué va! Solo digo que, bueno, no sé, esperaba otra cosa, no una granja de bichos.

Sofía se rio.

—¡No es una granja de bichos! Es un refugio de animalitos. Me encantan los animales: me gusta acariciarlos y jugar con ellos. Tengo pájaros, ardillas, conejos, ratones y a veces hasta un zorro. Yo los cuido, les doy de comer, los curo si están malitos...

—Ah, ¿sí? —dije, al tiempo que me levantaba y me sacudía el polvo de los pantalones.

Di una vuelta intentando encontrar aquel zoo, pero lo único que vi fueron un montón de comederos y cuencos de agua medio vacíos.

—¿Y dónde están?

—No lo sé. A la mayoría nunca los he visto —respondió Sofía—. Solo a los que encuentro en el bosque heridos o enfermos. Pero, cuando se ponen buenos, suelen escaparse, como Fede el murciélago. Los demás sé que vienen porque se comen lo que les dejo y se beben el agua. Los reconozco por sus caquitas. Hasta les he puesto nombre.

—¡¿A las caquitas?!

—¡No, mujer! A los animalitos.

—Espera, espera, entonces, ¿les das agua y comida y dejas que te apesten la cabaña, pero ni los acaricias ni puedes jugar con ellos? ¡Pues vaya gracia!

—Seguro que un día podré achuchar a alguno —respondió sonriendo—. Mientras tanto, juego con los insectos y las arañas. ¡Una vez hasta encontré una mariquita! ¡Y otro día casi cojo una mariposa! Creo que me conocen y me quieren.

Levanté una ceja.

—Si tú lo dices...

—Pues claro. Aunque me gustaría más tener un perro o un gato achuchable. Así a lo mejor hasta podría llevarlo al cole.

—Hablando del cole, ¿qué hora es?

Justo en ese momento, apareció mi madre dando voces:

—¡Todavía estáis aquí! ¡Que llegáis tarde a clase!

EL NIÑO-RUEDA

La puerta del colegio se cerraba a las nueve: teníamos cinco minutos para llegar y todavía estábamos muy lejos. Como yo no sabía el camino, tenía que fiarme de Sofía.

—¡Corre! —grité.

Mi prima salió cual cohete, y yo detrás. Empezaba a fastidiarme tener que ir a todas partes a remolque. Pero me molestaba mucho más la idea de llegar tarde a clase el primer día.

No hay nada peor que ser la nueva y entrar

cuando todos están sentados; que la profe interrumpa la lección para decir eso de «bienvenida, Alejandra, te estábamos esperando», y que los demás te miren de arriba abajo.

Ya me había pasado eso cuando empecé primaria y tuve que cambiar de cole. Fue un rollo. Tardé un montón en conseguir que mis compis dejaran de llamarme Alejandra y entendieran que mi nombre es **Álex**. Por eso prefería llegar con tiempo para presentarme.

Pero eran las nueve menos un minuto y todavía estábamos a varios metros de la entrada. Haciendo un último esfuerzo, aceleré todo lo que pude y dejé atrás a Sofía.

Justo cuando la encargada del patio estaba cerrando la verja de la entrada, salté hacia ella como un portero de fútbol.

—¡ESPERAAAAAAAAA! —supliqué desde el aire.

La maestra dio un grito y se quitó de en medio, dejando la puerta abierta. Gracias a eso, no me di de narices contra los barrotes. Por suerte, tampoco me estampé contra el suelo. Me salvó, sin querer, un niño que iba montado sobre una especie de rueda eléctrica.

Al notar que caía sobre su espalda, gritó sin mirarme:

¡EY! ¡PERO QUÉ HACES, CHAVAL! ¡SUÉLTAME!

Pero no podía hacer caso al niño-rueda que había frenado mi caída. Íbamos a toda velocidad cuesta abajo y, si lo soltaba, me rompería los dientes.

—Me llamo Álex, encantada —respondí, intentando asomar la cara por encima de su hombro para que pudiera verme.

La rueda iba cada vez más deprisa y, con mi movimiento, empezó a **tambalearse**. Solté uno de los brazos para mantener el equilibrio y logré que no nos cayéramos. Pero, al volver a sujetarme, agarré sin darme cuenta la cabeza del niño.

¡QUE NO VEOOOOOO!

Como tenía poco tiempo antes de que empezara la clase, aproveché para ir presentándome a los niños y niñas que nos íbamos encontrando:

—Hola, ¿qué tal? Soy Álex.

—¡SOCORROOOOOO! —gritaban ellos apartándose espantados.

En verdad, tampoco es que fuera buen momento para pararse a charlar. Alguien a mi espalda me llamó a voces.

—¡ÁLEX! ¿A DÓNDE VAS? —era Sofía, que había llegado al patio y trataba de alcanzarnos—. ¡Cuidado con las…!

¡PATAPUM!

… escaleras.

Cuando Sofía terminó la frase, el niño-rueda y yo ya nos habíamos pegado una castaña contra la escalinata de piedra que subía hasta la entrada principal del colegio. Nuestras mochilas habían volado y todas nuestras cosas estaban desparramadas por el suelo. Me palpé la cocorota para comprobar que seguía en su sitio.

—¿Estáis bien? —preguntó Sofía.

Me dio la mano y me ayudó a levantarme.

—¡Noooooo! —gritó el niño-rueda.

Estaba de rodillas, con la cabeza agachada, mirando algo que sujetaba entre las manos. Me acerqué y le toqué el hombro. Parecía a punto de llorar.

—¿Te has hecho daño?

—Mi **Temblequestation 5** de bolsillo. Está hecha polvo —gimió—. Me la acababan de regalar.

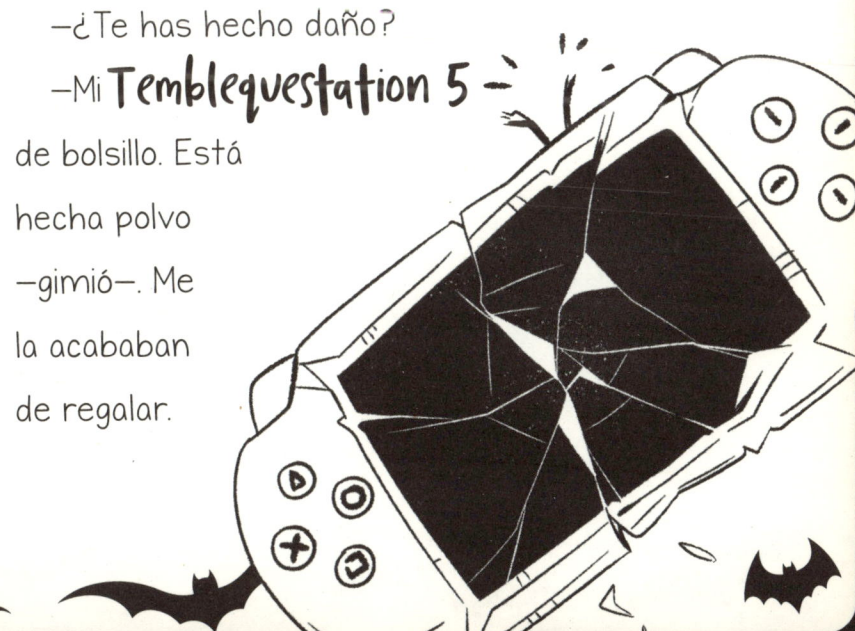

Al ver al niño tan triste, Sofía, que era de lágrima floja, empezó a gimotear... y casi me pongo a llorar yo también. ¡Menudo dramón nada más llegar!

—¿Has dicho que es una **Temblequestation**? —pregunté, recogiendo un trozo de la máquina rota.

—Sí. La última que han sacado. Y tenía cargados el *Yeti total 3* y el *Zombi club new edition*. Me los había pasado un colega. ¡Se ha ido todo a la porra!

—Tranquilo —le dije—. Yo puedo conseguirte otra consola y los juegos originales.

Él me miró de lado con desconfianza.

—¡Anda ya! ¿Qué dices? Pero si cuestan un montón.

—Lo digo en serio. Me llamo Álex. Acabo de mudarme a Pesavilla con mi madre, que trabaja en Templeques S. A.

—**What!!!** —exclamó el niño-rueda.

Se levantó de un salto, me agarró por los hombros, me zarandeó, me abrazó, me soltó y dijo:

—Me has convencido, te perdono. Pero, oye, **la próxima vez que quieras matarte, no cuentes conmigo,**

¿VALE?

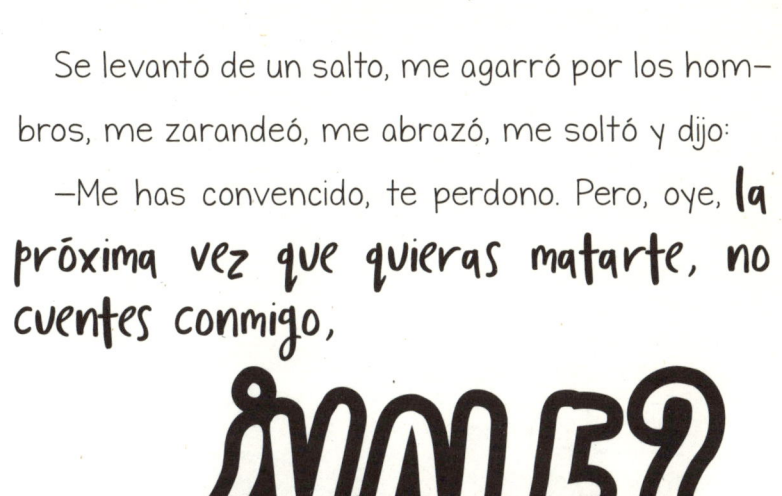

UN EQUIPO DE ZOMBIS

El niño-rueda se llamaba Kike y era bastante simpático. Le encantaban los videojuegos y los cómics de terror, y a mí me gustaba charlar con él. Nos hicimos amigos enseguida.

En el recreo, me habló de ESO.

—¡Anda ya! ¿Tú también crees que hay un monstruo en el cole? —me reí.

—¡Sssssssh! ¡Cuidado con lo que dices! A ESO no le gusta que se rían de él.

Una ráfaga de viento me lanzó un papel a la

cara. Al quitármelo, noté que un chicle se me había pegado en el pelo.

—**¡LO VES!** —dijo Kike asustado.

¡Menudo miedoso! Para cambiar de tema, le pregunté:

—¿Qué haces al salir?

—Nada —contestó más tranquilo—. Si quieres, te enseño Pesavilla. Hay sitios muy chulos.

—Guay, pero tendrá que venir mi prima con nosotros —le advertí.

—*No problem* —contestó—. Vamos a buscarla.

Íbamos hacia la clase de los de primero a por Sofía cuando un chico alto, mayor que nosotros, vino por detrás y le pegó un empujón a Kike.

—¡Eh, tú, **pringao**! ¿Echamos la revancha, o qué? —le dijo.

En vez de enfadarse, mi amigo levantó la mano para saludar.

—Hola, Charly. Hoy no, tío. Voy a enseñarle el pueblo a Álex. Acaba de mudarse aquí.

—No fastidies, colega. ¿No será que tienes miedo a que te vuelva a ganar?

—¿Miedo yo? ¿Qué dices? Mañana verás. ¡Te voy a fundir a triples!

Esa frase me hizo saltar de alegría. Si hablaban de triples, es que hablaban de baloncesto, y yo me moría por volver a jugar.

—¿Os gusta el *basket*? —pregunté—. ¡A mí me encanta! ¡Me apunto! Ya iremos a pasear luego. ¿Dónde está la cancha?

—¿La cancha? **Ja, ja, ja, ja**. ¡La cancha, dice! —Charly se retorcía de la risa.

—Sí, la cancha, el campo, la pista: el sitio en el que se bota el balón y se encesta en las canastas. En algún lugar jugaréis, ¿no? ¿O es que aquí se juega al baloncesto en una piscina? —repliqué enfadada.

El tal Charly ese no me caía muy bien.

—Es que nosotros no jugamos al baloncesto de verdad, Álex —me aclaró Kike—. Jugamos en la consola al **Basket WCup 2K25**.

Me quedé planchada.

—Pero, oye —dijo Charly entre risas—, si te gusta tanto el baloncesto, podemos llevarte a la «cancha» a que conozcas el superequipo del colegio. ¡Así te apuntas si quieres! Creo que hoy tienen entrenamiento.

Vi que Kike lo fulminaba con la mirada.

—Ya te vale, no te rías de ella.

Charly se llevó la mano al pecho y puso voz de buenecito:

—¿Yooo? Si no me río. Solo quiero que tu amiga conozca nuestro gimnasio y al entrenador. Ha dicho que quería jugar al baloncesto, ¿no?

—Sí —intervine—. ¡Me encantaría entrar en el equipo! Porfa, ¡vamos!

—Anda, déjalo, Álex, que te está tomando el pelo. Además, ¿no teníamos que esperar a Sofía? —insistió Kike—. Ya verás el gimnasio en la clase de Educación física y podrás decidir.

Nada de eso. Hasta el jueves no teníamos Educación física. Faltaban dos días y yo quería entrar en el equipo ya.

Algunos de primero empezaron a salir al patio, pero no había ni rastro de mi prima. Tardaba demasiado y yo estaba impaciente.

—¡Eh, tú! —le dije a una niña con coletas—. ¿Conoces a Sofía de primero A?

La niña dijo que sí con la cabeza.

—Porfa, si la ves, dile que Álex la espera en el gimnasio, ¿vale? —le pedí, y luego me volví hacia mis nuevos amigos—. Hala, chicos, ya está, podemos irnos.

Para llegar al gimnasio, había que bajar una escalera tan estrecha que teníamos que ir de uno en uno. Charly insistió en que yo fuera delante. En cuanto entré, comprendí por qué, y también entendí sus risas de antes.

El sitio era **horrible**. Estaba iluminado por una bombilla vieja, que parpadeaba y no paraba de zumbar.

El techo parecía un queso de agujeros, por todas las goteras que tenía. Y el suelo estaba tan encharcado por la lluvia de la noche anterior que casi tuve que entrar nadando. «Al final, va a ser verdad que aquí juegan al baloncesto en una piscina», pensé al verlo.

Las líneas de colores que marcaban el campo casi ni se veían, de lo borradas que estaban, y había una sola canasta, sin red y con el tablero roto.

Aquel sitio era tan viejo y cochambroso que nadie habría querido entrenar allí. Y, sin embargo, había alguien jugando, o más bien chapoteando, con un balón desinflado y las camisetas rotas.

9
EL MONSTRUO DEL GIMNASIO

No eran **zombis**, no. Eran niños y niñas de tercero y cuarto, capitaneados por un señor más viejo que una momia. Charly lo llamó a gritos:

> ¡Entrenador!
> ¡ENTRENADOOOR!

El anciano se giró hacia nosotros.

—¿Sí, hijo? ¿Qué quieres?

—Traemos una nueva jugadora al equipo —voceó Charly.

—Oh, gracias, pero ¿para qué quiero yo una nueva batidora con hipo?

—No, una batidora no, una **JU-GA-DO-RA**. Una niña.

—Ah, no, no, riñas no, por favor, en este equipo todos nos llevamos bien, ¿verdad, chicos?

—¡Sí, míster! —corearon las niñas y los niños del equipo, dejando escapar alguna risita.

—Me llamo Álex —me presenté, y fui casi nadando hacia él—. Lo que quiere decir mi amigo es que me gustaría jugar en el equipo, si puede ser.

—¡Ah! ¡Eso es otra cosa! Sí, hija, claro que puedes unirte a nosotros. Coge una camiseta de la caja.

Miré a mi alrededor. Había tan poca luz que me

costó verla. La encontré en una esquina, debajo de un banco roto, junto a una puerta desconchada en la que ponía «VE U RIO». Imaginé que era la entrada al vestuario.

Como estaba en el suelo, la caja también se había mojado. Dentro, había un revoltijo de camisetas sucias y descosidas, de un color que algún día fue morado. Elegí la que daba menos asco. Era el número **catorce**.

Dudé un momento, porque mis amigos me estaban esperando. El equipo era cutre y penoso, pero yo tenía tantas ganas de jugar... Miré a Kike y me devolvió una sonrisa.

—Quédate si quieres. Nosotros nos vamos. Te veo mañana —dijo.

Los despedí con la mano y entré en el vestuario, que estaba **a oscuras**. Alguien o algo se movió dentro.

—¿Hola? —dije.

Pero nadie respondió.

Palpé la pared hasta encontrar el interruptor de la luz y... En el momento en el que hice clic, se produjo un apagón en todo el colegio y se oyó un chillido aterrador:

¡AAAAAAAAH!

Salí corriendo para saber qué había pasado, pero veía menos que un pez frito liado en un trapo. Me tropecé con el banco cojo y caí de cabeza en la caja de camisetas malolientes. Desde ahí, escuché que alguien llegaba gritando:

¡LO HE VISTO! ¡LO HE VISTO!

La reconocí sin problema: era Sofía. Todavía intentaba salir de la caja cuando volvió la luz y vi a mi prima rodeada por el resto del equipo, Kike y Charly. Ella, asustada, no paraba de repetir como un papagayo:

—Lo he visto, lo he visto, lo he visto.

Kike la abanicaba con la mano y el entrenador intentaba que bebiera un poco de agua.

—¿Qué es lo que has visto? —pregunté acercándome al grupo.

Sofía puso una voz rara, tenebrosa, y, sin parpadear, dijo, marcando cada palabra:

—**He visto a ESO.**

Todo el mundo empezó a murmurar. Se armó un gran revuelo. Algunos niños no podían creerlo, otros no paraban de hacer preguntas a Sofía.

—¿Cómo es?

—¿Te ha atacado?

—¿Cómo te has escapado?

—¡Eres muy valiente!

Charly resopló.

—¿Valiente? ¡Ja! Yo creo que tiene mucha imaginación y ganas de que le hagamos un poco de casito. **ESO** no existe, es una pamplina y por esa razón nadie lo ha visto.

¡PLAM!

Justo en ese momento, la puerta del vestuario se cerró de golpe. Kike dio tal salto que se me subió a los brazos, aunque bajó rápidamente, disimulando.

—¡Yo sí que lo he visto! —dijo Sofía—. ¡Acabo de verlo ahora mismo! Es grande, peludo y blanco, como... ¡como un **mono gigante con colmillos** que dan miedo! Lo raro es que es como si ya lo conociera. No sé... Me recuerda a alguien, pero no sé a quién.

Kike sacó un cromo del bolsillo.

—¿Se parece a este? —dijo, enseñándoselo a Sofía.

—¡Sí! ¡Es ese! ¡Ese es el monstro que vi! —exclamó mi prima.

—¡Anda ya! —se rio Charly—. Está claro que te lo has inventado todo.

Acababa de decir esto cuando...

¡BROMMMMMM!

El techo del gimnasio se cayó sobre nosotros.

"10"
NO PASAR

El jueves tuvimos que dar la clase de Educación física en el patio.

Por suerte, nadie se había hecho daño con el derrumbamiento. Pero el gimnasio se encontraba en un estado **desastroso** y la directora del colegio decidió que no era seguro que lo usáramos. Pusieron una cinta de plástico para cerrar la entrada a la escalera de acceso y un cartel de «**NO PASAR**».

Como en el patio no había canastas, los entrenamientos de baloncesto quedaron suspendidos.

Menudo fastidio. No es que fuera el equipo de mis sueños, pero me hacía ilusión volver a jugar.

En cuanto al **monstruo**, ni la directora ni el resto de profes creyeron a Sofía. Se limitaron a preguntarle al entrenador si había pasado algo raro, aparte del apagón y la caída del techo. Él, con tono seguro, respondió:

—Claro que todo es muy caro, cuesta un montón y no hay derecho.

Ningún adulto volvió a hablar del tema.

Pero la noticia de que una niña de primero había visto a **ESO** corrió de boca en boca por el recreo. Todos querían hablar con ella. Bueno, menos Charly, que era un borde y estaba celoso de su popularidad.

—No le hagáis caso —gruñó—, ¡es una cuentista! ¡Pero si dice que es como el personaje del *Yeti total*! ¡Solo quiere llamar la atenci...!

¡CHOF!

—Agggh, **PERO ¡QUÉ ASCAZO!**

Había pisado una plasta de perro.

En algo tenía razón. Según Sofía, el ser que había visto se parecía al cromo del videojuego que le había enseñado Kike. Pero, para mi amigo, eso no significaba que se lo hubiera inventado.

—Hay quien dice que el yeti existe de verdad, que existía antes del juego. Ya visteis lo que pasó en el gimnasio: el portazo, el techo... Seguro que fue él. Tenemos que investigar. Podríamos tenderle una trampa y...

—Uf, no sé —contesté—. No me apetece mucho meterme en líos.

La verdad es que yo también pensaba que Sofía podía haberse confundido, asustada por la sombra de cualquier tontería.

—A mí me da miedo, no quiero volver a verlo. Quiero ir a casa a jugar con mis animalitos —dijo ella.

—Vale, como queráis. Ya investigaré yo solo. Hasta mañana, cobardicas. Chao, bacalao —respondió algo molesto, agitando la mano para despedirse.

Me quedé pensativa, mirando cómo se marchaba en su monociclo eléctrico. Igual tenía razón. Quizá deberíamos buscar la respuesta a lo que había visto Sofi.

Un gritito de sorpresa me sacó de mis pensamientos.

—¡Oh! ¡Pero mira qué monada!

Era Sofía, poniendo ese tono tan tonto que usan los mayores cuando hablan con un bebé.

—Quién eres tú, ¿eh? ¡Cosita bonita! ¿Quién eres?

La **«cosita bonita»** era un perro pequeñajo y feúcho que estaba sin atar junto a la verja del patio, rascándose una oreja.

—¿Dónde está tu mamá, pequeñín? ¿Dónde? ¿Tienes una pulguita que te pica? Ven, chiquitín. Te voy a llevar a mi refugio. Yo te cuidaré —seguía diciendo mi prima.

Iba a cogerlo, cuando…

—¡AYYYYYYYYY!

El chucho le pegó un mordisco en el brazo. Luego, sin saber por qué, empezó a perseguirme a mí, gruñendo, ladrando y enseñando los dientes.

—Pero ¡¿qué te he hecho yo, saco de pulgas?! —grité a la vez que huía de la fiera.

Sofi nos seguía, sin importarle el mordisco:

—¡Ven, perrito bonito!

Atravesamos corriendo el patio y, por el camino, oí que alguien se unía a la persecución. Era nada menos que Charly, que trataba de alcanzar al perrete, diciendo:

—¡Pompón! ¡Qué haces! ¡Ven aquí! ¡Ven con papá!

Por más que yo trataba de despistar al chucho, no conseguía dejarlo atrás. De pronto vi la salvación delante de mis narices: ¡las escaleras que bajaban al gimnasio! Arranqué de un manotazo la cinta de plástico y el cartel de «NO PASAR» y me lancé por ellas, esperando que el animal no me viera.

Llegué jadeando al gimnasio y me paré a escuchar. No se oía nada. Ni rastro del perro. Respiré tranquila. Entonces me di cuenta de que el lugar no estaba completamente a oscuras. Una luz muy suave le daba a todo un aspecto

ASMAL

11
MISTERIO BAJO LLAVE

Las paredes y el suelo del gimnasio estaban tapados con plásticos blancos, y el techo con una lona negra. Me imaginé que estaban haciendo obras para arreglar lo que se derrumbó, pero la verdad es que daba bastante miedito.

Aunque tenía ganas de irme de allí corriendo, un extraño símbolo pintado en la puerta del vestuario me llamó la atención. Era una espiral que ya había visto en otra parte, aunque no recordaba dónde.

Además, habían cambiado el cartel de las letras

caídas por otro nuevo. Ahora, en vez de poner «VE U RIO», se leía claramente «PROHIBIDO ENTRAR» que, como todo el mundo sabe, en realidad significa: **«Aquí se esconde algo interesante que no quieren que veas; pasa y descubre lo que es».**

Miré a un lado y a otro, para asegurarme de que no había nadie vigilando, y fui despacio hacia la puerta. El sonido de mis propios pasos retumbó tanto que me sobresaltó. En el gimnasio vacío, todo sonaba muchísimo más fuerte que fuera. El corazón me latía alocado. Respiré hondo y me reí al pensar que me había asustado de mí misma.

La puerta estaba cerrada con llave. Iba a marcharme cuando oí el eco de otras **pisadas**. Esta vez no eran las mías, estaba segura. Alguien bajaba la escalera y mi corazón volvió a ponerse a mil por hora. ¡No tenía dónde esconderme!

—Álex, ¿qué haces aquí? Te he estado buscando por todas partes.

—¡Sofía!

Me daba corte que mi prima pequeña supiera que me había asustado.

—¡Qué perro del demonio! —dije para disimular—.

Te ha confundido con su merienda. ¡Y quería que yo fuera el segundo plato! —señalé su brazo—. ¿Te duele mucho?

—Pobrecito, lo asusté —respondió ella, tocándose la herida.

Era como si no pudiera enfadarse por nada. La miré con cariño.

—Vamos, te tienen que curar eso.

—Porfa, Álex, no se lo digas a mamá. Se enfadará y nos quitará la cabaña. La última vez que me mordió un **bicho** prometió que, a la siguiente, me cerraría el refugio.

—Bueno, no se lo digo. Pero vamos a casa a lavarte la herida, al menos.

La tomé de la mano y nos dirigíamos a la escalera cuando... la sombra de un ser peludo y espantoso nos cortó el paso. Su rugido nos heló la sangre.

—¡SOCORROOOOOOOOO! —gritamos juntas.

—¡Es él! ¡Es **ESO** otra vez! —lloriqueó Sofía.

La agarré por los hombros y la empujé hacia el fondo de la sala. La única salida era la antigua puerta del vestuario, pero estaba cerrada con llave.

Armándome de valor, me puse delante de mi prima y levanté los brazos con los puños cerrados, dispuesta a luchar si fuera necesario. Si el monstruo nos atacaba, ¡se las tendría que ver conmigo!

La **sombra** se hacía cada vez más grande sobre los plásticos que cubrían el suelo. Y los que tapaban las paredes temblaban con el rugido, que se escuchaba más cerca y más fuerte...

Hasta que... el gruñido se convirtió en el estridente ladrido de un perro pequeño y feo.

—¡Pompón! ¡Ven aquí, chico malo! —lo regañó Charly, cogiéndolo en brazos.

Después, nos miró con cara de sorpresa.

—¿Qué hacéis aquí escondidas? No andaréis buscando a vuestro yeti, ¿verdad? Mira que sois raritas —dijo.

Y se marchó por donde había venido, dejando que el perrillo le lamiera la cara.

Sofía y yo salimos tras él, todavía temblando del susto. Lo que no sabíamos es que en ese gimnasio había alguien más.

Alguien escondido en el viejo vestuario, que esperaba el momento de **ESCAPAR**.

"12"
SUSURROS Y SOMBRAS

—¿Y no podríamos reunirnos en un sitio menos guarro?

Kike intentaba encontrar un trozo de suelo limpio donde sentarse en el refugio para animales de Sofía, aunque, por su cara de asco, parecía que lo estábamos obligando a comerse un plato de mocos pegajosos.

Necesitábamos hablar sin que nadie nos oyera, y la cabaña del árbol era una **guarida secreta** perfecta. Yo subía allí a diario con mi prima para rellenar los comederos y bebederos, así que ya me había acostumbrado a la peste y a los insectos.

—No seas quejica. ¿No te parece el ambiente ideal para hablar de **monstruos**?

Él arrugó la nariz y torció la boca.

—Lo que tú digas. Pero ¿por qué hay tantas cacas por todas partes?

—Son de mis animalitos —intervino Sofi, que ya se había sentado junto a la ventana de las telarañas.

—Hasta tienen nombre —añadí con una risita.

—**¡¿Las cacas?!** —dijo Kike levantando las cejas.

—¡No, hombre! ¡Los animalitos! —respondimos a la vez mi prima y yo.

Nuestro amigo suspiró poniendo los ojos en blanco.

—En fin, vayamos al tema.

El «tema» era la puerta prohibida. Al día siguiente de la persecución de Pompón, le contamos a Kike todo lo que había pasado, y él volvió a insistir en que teníamos que investigar. Esta vez le dimos la razón.

Poco después, en el recreo, nos dijo que tenía información, pero que no quería contarnos nada allí por si nos **espiaban**. Por eso estábamos en la guarida, esperando impacientes sus palabras. Él empezó a hablar, bajando la voz para darle intriga, y yo lo apunté todo.

Niña de segundo: se le cayó una pelota por las escaleras del gimnasio, se puso a llorar y... ¡la pelota salió disparada como un misil!

Niño de cuarto: dice que vio al yeti saliendo del baño, cuando iba a hacer pis (el pis lo iba a hacer el niño, el yeti no sabemos).

Toda la clase de tercero: unas gemelas repartieron bolsitas de chuches por su cumple. Cuando las abrieron, todos los chicles estaban masticados y los caramelos chupeteados.

—Y otra cosa —añadió Kike—: ¿recuerdas el **extraño símbolo** que viste dibujado en la puerta cerrada, Álex?

—Claro —dije—. Era una espiral con una T mayúscula en el centro.

—Al principio no me di cuenta, pero ya sé dónde lo hemos visto antes. Mirad.

Extendió la mano y nos enseñó el mismo cromo del yeti que le había mostrado a Sofi después de que viera al monstruo, el día del apagón. Luego le dio la vuelta.

—¡Es el mismo dibujo! —exclamó Sofía.

—El símbolo de **Tembleques S. A.** —nos aclaró Kike—. La empresa creadora del videojuego *Yeti total*.

—Donde trabaja mi madre... —murmuré.

Todos los pelos del cuerpo se me pusieron de punta.

Aquellos descubrimientos eran demasiado importantes como para quedarnos de brazos cruzados. Había que volver al gimnasio y abrir la puerta prohibida. Pero ¿cómo, si no teníamos la llave?

—Yo me encargo —dijo Kike.

Cuando Sofía y yo llegamos, en el recreo siguiente, Kike ya nos esperaba junto a la puerta cerrada. Sin decir nada, sacó una horquilla del bolsillo del pantalón y la metió en la cerradura.

—**¿Qué haces?** —preguntó Sofía.

—¿Tú qué crees? Intento abrir la puerta.

—¿Con una horquilla?

—Pues claro, boba, así es como lo hacen en las películas. ¿O es que tú tienes una idea mejor?

Vale que mi prima a veces preguntaba tonterías, pero no hacía falta ser tan borde.

—¡Ssssssh! ¡Escuchad! —dije.

Había sentido un ruido lejano que, poco a poco, se fue acercando y convirtiéndose en un estruendo: los pasos lentos y pesados de **alguien enorme**.

Su silueta gigantesca se dibujó en el suelo, al final de la escalera.

ERA ÉL.

13
UNA MASCOTA BESTIAL

—Conque metiendo las narices donde nadie os llama, ¡eh, granujillas!

—¡Señor Plum! Perdone —lloriqueó Sofía—. Nosotros solo...

—Déjate de pucheros y lagrimitas, pequeña entrometida. Largo de aquí, mequetrefes, si no queréis que le cuente a la directora que habéis estado desobedeciendo y metiéndoos donde nadie os llama.

La voz de **Carabesugo** no tenía nada de amable ahora, y su cabeza pequeña estaba colorada como un tomate a punto de estallar. Me miró fijamente, me señaló con el dedo y dijo bajando el tono:

—Álex, todo esto es por ti. Si no quieres arruinarlo, nadie debe saber lo que habéis visto. Todavía no, ¿entendido? Y ahora, largaos.

Pero los tres estábamos quietos como estatuas.

—¿A qué esperáis, pasmarotes? He dicho que os marchéis. ¡BU! —gritó Carabesugo.

Y salimos espantados como los tres cerditos ante el lobo feroz.

La amenaza de Plum dio resultado. Ni Kike ni Sofía querían contar a nadie lo ocurrido. Pero yo no dejaba de darle vueltas a las palabras de **Carabesugo**. ¿Cómo que todo era por mí? ¿Y si mi madre estaba en peligro? Debía avisarla.

Esa noche, durante la cena, apretujados en la pequeña mesa de casa, me armé de valor:

—Mamá... tengo que contarte algo.

Sofía negó con la cabeza y me hizo un gesto para que me callara, pero yo seguí.

—Esto..., hoy... en el cole... he bajado al gimnasio y...

Mi madre me interrumpió con cara de disgusto.

—¡No me digas que lo has visto! ¡Álex! ¿Qué has hecho?

La miré con horror, no podía creer que estuviera en el ajo.

—¿Tú lo sabías? ¿Sabías lo del yeti de Tembleques y no me has dicho nada? —grité rabiosa.

Fina y Paco nos miraban callados, sin dejar de masticar.

No te pongas así, cariño. Era una sorpresa. La directora iba a anunciarlo a todo el mundo en la fiesta.

¡¿Sorpresa?! ¡¿Fiesta?! ¿Para celebrar qué? ¿Que habéis soltado un monstruo peligroso en el colegio y nos va a comer a todos?

Yo estaba furiosa y a Sofía se le había puesto cara de muñeca asustada.

—¿Qué? ¡Noooooo! —rio mi madre—. Nadie se va a comer a nadie. Solo es una mascota.

—Pues yo prefiero un gatito —susurró Sofi.

Según mi madre, el yeti era la mascota de **Tembleques S. A.** O sea, una persona disfrazada. El día del apagón estaba en el colegio con el señor Plum. Habían ido a hablar con la directora para que les dejara presentar en el cole el nuevo juego de la colección *Yeti total*. Cuando pasó lo del techo del gimnasio, Plum dijo que pagaría el arreglo a cambio de que le dejaran hacer la presentación.

—¿Pero por qué Carabesu..., digo, el señor Plum me dijo que todo era por mí?

—Es que yo lo convencí para que también renueven el equipo de baloncesto. Sé que es algo que te hace mucha ilusión.

Mamá tenía razón. El jueves por la tarde se inauguró el nuevo gimnasio del colegio con una fiesta, en la que también presentaron el

YETI TOTAL 4

La directora dio un discurso para agradecer su ayuda a **Tembleques S. A.**, y un foco iluminó a Carabesugo, que se peinó el bigote antes de hablar.

—Es un placer presentarles a la nueva entrenadora, la mascota y la flamante equipación de...
—sonó un redoble de tambores—:

¡LOS YETIS DE PESAVILLA!

Una joven vestida con un chándal apareció saltando al ritmo de la música. A su lado, un yeti sonriente hacía malabares con una pelota de baloncesto. Los dos lucían las nuevas camisetas moradas del equipo, con la espiral de Tembleques en el centro. Hubo aplausos y gritos de alegría.

En medio del jaleo, vi que el cuarto del cartel de **«PROHIBIDO ENTRAR»** estaba abierto. Me pareció ver que alguien salía de allí y se escabullía

entre la gente. **Alguien extraño** y muy grande, que se llevaba sus enormes manos a la cabeza, como si le molestara el ruido, y que tenía... ¿una larga cola?

Cuando nadie nos miraba, agarré del brazo a Kike, que bailaba a mi lado, y lo arrastré hasta el antiguo vestuario.

—¿Qué haces? —se quejó.

Me llevé un dedo a la boca.

—Sssh, calla y sígueme.

Yo iba despacio, para no llamar la atención. Pero Kike me golpeó la espalda y entramos los dos al cuarto dando un traspiés.

—¡Ay! ¿Qué haces? —me quejé.

—Perdona, me han empujado.

—Anda, enciende la luz.

Pero el interruptor estaba fuera. Antes de que pudiera salir a pulsarlo, la puerta se cerró y oímos girar la llave.

Estábamos a oscuras y ATRAPADOS.

OJOS BRILLANTES Y SARDINAS PODRIDAS

La puer la estaba atrancada. La golpeé y la pateé pidiendo ayuda...

—¡EEEEEEH! ¡QUE ALGUIEN NOS ABRA! ¡ESTAMOS AQUIIIIIIIIIIII!

—Déjalo, Álex, nadie nos oye. Fuera hay mucho ruido y esto parece una fortaleza.

Estaba en lo cierto. No entraba nada de luz y la

música de la fiesta nos llegaba como si estuviera lejísimos. Kike se agobió y yo me puse a pensar. Hasta que me acordé de algo.

—¿Tienes aquí la horquilla del otro día?

—¡Buena idea, Álex! Espera, creo que está por a… Ay, **¡porras!**

—¿Porras? ¿Cómo que porras?

—Pues que se me ha caído al suelo. *Sorry*.

—De *sorry*, nada. ¡Tenemos que encontrarla para salir de aquí! Venga, ¡busca!

—Pero es que esto está superoscu…

¡CLONC!

—¡AY!

—¿Estás bien?

—Sí. Creo que he chocado contra una estantería. No veo nada.

¡PATAPÁM!

CRASH PLOM PLOM PLOM PLAM PLOM PLOM PUM PUM PLOM PLOM

Yo también me golpeé contra algo y me caí al suelo. Por el ruido, creo que provoqué una cascada de balones que rebotaron por todas partes, tirando otras cosas a nuestro alrededor. Algunas me dieron en la cabeza, y a Kike también.

—¡AY!

—¡OY!

—¡MGRAUUUUUUUUUUUU!

—¿Q-q-qué ha sido eso? ¿Álex? ¿Has sido tú?

—Yo n-n-no he sido —respondí.

Casi no me salía la voz.

En aquella sala oscura, había alguien más con nosotros, y solo podíamos hacer una cosa: gritar como descosidos.

—**¡SOCORROOOOOO!**

Nuestro miedo debía resultar muy divertido, porque oímos una risa espeluznante.

Entonces, vimos aparecer dos lucecitas: **una verde y otra azul**.

¡Nunca adivinarías qué eran!

¡Un par de ojos rarísimos!

Y, por si fuera poco, debajo de ellos apareció una sonrisa de color amarillo fosforito, con dos colmillos afilados.

Oí que los dientes de Kike sonaban como castañuelas.

—¿T–t–tienes miedo? —pregunté, temblando de arriba abajo.

—¡Q-q-qué va! Yo n-n-no. ¿Y tú?

—Yo t-t-tampoco. Es que tengo f-f-frío —disimulé.

La verdad es que allí hacía tanto calor que me sudaban hasta las pestañas, pero no quería que mi amigo pensara que era menos valiente que él.

Kike se quedó callado. Después volví a oírlo en la oscuridad:

—¿C-c-crees que es un vampiro?

—Podría ser —murmuré, tan bajo que seguro que no me oyó.

Fuera lo que fuera, se acercaba a mí.

Me acurruqué en el suelo, pegada a la puerta, pero la cosa saltó y se quedó a un palmo de mis narices.

Sentí su aliento demasiado cerca. ¡Puaj! Olía a sardinas podridas.

Me tapé la nariz con los dedos y me aparté.

Los **colmillos brillantes** me siguieron. Volví a escuchar la risa, demasiado cerca, y algo húmedo y rasposo me lamió la oreja.

—**¡AAAAAAAAAAAARG!** —grité.

Deseaba atravesar la puerta como un fantasma y escapar. Para mi sorpresa, eso fue justo lo que pasó.

Bueno, no pasó eso exactamente. Lo que ocurrió es que la puerta se abrió de repente, a la vez que se encendía la luz. Yo me caí de espaldas y los colmillos se esfumaron. Menudo truco, ¿eh? Solo que no era magia, era…

—¡Sofía!

Me alegré tanto de verla que la espachurré en un abrazo.

—¡Que no *fuedo despida*! —dijo medio ahogada.

La solté un poco y añadió:

—Os seguí. Quería entrar con vosotros, pero la

puerta no se abría. No soy una chivata, ¡os lo prometo! Solo que la fiesta terminó, os estaban buscando y yo...

Detrás de ella estaban el señor Plum, con un manojo de llaves en la mano, y mi madre, muy seria.

—¡Te has ganado un buen castigo, que lo sepas!

Carabesugo miró el desorden del cuarto. Con la luz encendida, parecía un simple almacén de material deportivo arrasado por un tornado.

—La habéis liado buena, pillastres. ¿Se puede saber cómo habéis entrado aquí? ¿Y dónde está el chaval? No lo veo —intentaba seguir pareciendo amable, pero le temblaba el bigote.

Kike asomó la cabeza por detrás de una montaña de colchonetas y balones, y agitó un brazo.

—Hola.

Mi madre se dio cuenta de que su jefe estaba enfadado y quiso tranquilizarlo:

—No se preocupe señor Plum, Álex y Kike aprenderán la lección. Mañana vendrán aquí después de clase y lo dejarán todo ordenado. ¿Verdad, pareja?

—¡Nooo, mamáááá! —grité aterrada.

—¡Por favor, no! ¡Eso no! Por favor, por favor, por favor —suplicó Kike.

Mi madre no entendía nada.

—¡Vamos, chicos! ¡Que no es para tanto!

—Pero, mamá, es que ahí dentro... —no me atrevía a seguir.

Ella levantó las manos animándome a continuar.

—Ahí dentro ¿qué, Álex?

—Ahí dentro... hay un vampiro.

Al oír esto, Sofía casi se desmaya, mi madre resopló y Carabesugo se echó a reír a carcajadas.

Mamá siguió dándonos la charla mientras salíamos del gimnasio. Gordon Plum cerró la puerta del trastero y apagó la luz.

Éramos los últimos en salir de allí.

O ESO CREÍAMOS.

15
RASTREADORAS EN PIJAMA

Por la noche no lograba dormirme. Daba vueltas como una croqueta, pensando en el vampiro que me había lamido la oreja.

Decidí leer un rato, para calmarme. Encendí la linterna y descubrí que Sofía no estaba acostada a mi lado. **Qué raro**. Ella siempre dormía como una marmota.

Me levanté despacio, sin hacer ruido, y la escuché murmurar fuera de la casa. Busqué las zapatillas y salí a ver con quién hablaba. La encontré sola, bajo el árbol de la cabaña, agachada, acariciando el aire.

—Ven, bonito, ven. **¿Tienes hambre?** Yo te daré de comer.

—¡Sofi! —grité en un susurro, acercándome hacia ella—. ¿Qué haces?

Algo se movió entre los arbustos. Mi prima me miró y se quejó:

—Jo, Álex, lo has espantado.

—¿A quién? ¿Con quién hablabas?

—**Con el gatito.** ¿No lo has visto?

Le pasé el brazo por los hombros para abrigarla. Estaba en pijama, descalza, y hacía mucho frío.

—Yo no he visto nada, Sofi. Anda, vamos a casa, que te vas a constipar.

—¡Estaba aquí! Era precioso. Negro y muy suave.

Entró a casa a buscarme. Ronroneaba. Yo creo que está solo y tiene hambre. ¡Tenemos que encontrarlo!

—Pero que es tardísimo —me quejé—. Y mañana tenemos cole.

Ni caso. Ella siguió a su bola, mirando entre los matojos.

—Bis, bis, bis, gatito. **Gatito bonito**. Ven. Vuelve, gatito.

Estuvimos un buen rato buscando como rastreadoras, hasta que empezó a llover.

—Anda, porfa, vámonos a casa —supliqué—. Seguro que el gatito está bien. Si tiene frío, entrará en tu refugio. Y, si quieres, mañana lo buscamos otra vez.

Al fin, logré convencerla.

Por la mañana, no había quién nos levantara. Pasé el día entero bostezando. A ratos, notaba algo raro, como si me siguieran. ¡Hasta me pareció escuchar de nuevo la risa del **vampiro**!

No me apetecía ir al gimnasio después de clase, a ordenar el cuarto de los balones. Estaba cansada y me daba **repelús**, pero lo había prometido.

—Entonces, ¿hoy no vienes conmigo al refugio? —me preguntó Sofía.

Se había acostumbrado a que la acompañara a cuidar su granja de cacas, y la verdad es que a mí ya no me molestaba hacerlo.

—Hoy no puedo, tendrás que llenar los comederos sola.

Puso carita de pena.

—¿Y el gatito? Prometiste que lo encontraríamos juntas.

—Seguro que lo encuentras tú sola y, si no, luego te ayudo a buscarlo. Ahora tengo que irme. Kike me espera en el gimnasio.

Cuando llegué, mi amigo ya había empezado a recoger. Había traído ganchitos, patatas y un montón de chucherías para merendar. Pero tenía prisa por terminar para poder irse a jugar con la consola.

Además, creo que le daba mal rollo estar allí. A mí también, así que me puse a ayudarlo enseguida para poder marcharnos cuanto antes.

De todos modos, reconozco que, después de las obras, el gimnasio molaba mucho; sobre todo de día y con luz. Me gustaba el olor a balones nuevos del trastero. Cogí una pelota, fui botando hasta la canasta y encesté. El sonido de la red recién colocada me encantó.

—**¡Bravo!** —aplaudió alguien.

—Pero, Sofía, ¿qué haces aquí? ¿No te dije que te fueras a casa?

Quería que sonara a regañina de hermana mayor, aunque, como de costumbre, a ella no le molestó y respondió como si nada:

—Es que he venido a buscar al gatito.

—**¡¿Pero qué gatito, ni que...?!**

—¿De qué está hablando? —preguntó Kike.

Sofía se agachó.

—¡Aquí estás! ¡Ven michi, michi! ¡Hola!

Como la noche anterior, se puso a acariciar el aire.

Lo que ocurrió después es difícil de creer, pero juro que es verdad. Aunque no había nada delante de ella, Sofía movió las manos como si agarrara algo. Lo apretó contra su pecho y, cuando se puso de pie, ¡tenía un gato en brazos!

Un gran gato negro con el pelo reluciente que ronroneaba tranquilamente. Me acerqué a acariciarlo. Estaba alucinada.

—¿A que es precioso?

Mi prima tenía razón: era precioso y simpático. Pero Kike no opinaba igual. Caminando hacia atrás para alejarse de él, sin dejar de mirarlo, dijo:

—No es precioso...

¡ES UN FANTASMA!

16
¿UN VAMPIRO CON BIGOTES?

—¡No es un gato fantasma! —lo defendió Sofía—. Es de verdad y yo lo quiero. Se llamará **Minino** y vivirá en el refugio hasta que me dejen tenerlo en casa.

Aunque lo que había pasado era bastante raro, me alegraba que, por fin, un animalito se dejara estrujar y mimar por Sofía. Al final, la cabaña del árbol iba a servir para lo que ella quería.

Volví a acariciar al gato. Levantó la cabeza y me miró.

Me miró fijamente, con dos ojos brillantes... **¡uno verde y otro azul!**

Y después sonrió, enseñando unos **colmillos fluorescentes**.

—¡TÚÚÚÚÚÚ! —grité—.

¡TÚ ERES EL VAMPIRO!

El gato se rio, con la misma risa humana que la tarde anterior nos había puesto los pelos de punta. Kike dio tres pasos atrás señalando con el dedo al animal, se tropezó con el balón que había quedado en el suelo y se cayó de culo sin dejar de chillar:

—¡Es él! ¡Es un gato embrujado! ¡Está embrujado! ¡EMBRUJADOOO!

—**¡PARA!** —gritó Sofía, y dio una patada en el suelo.

Era la primera vez que la veía así de disgustada.

—**¡YA VALE! ¿NO?** Este gatito es muy mono y bueno. No ha hecho daño a nadie. No es un fantasma ni un vampiro. Y, si está embrujado, **¡ME DA IGUAL!** Voy a cuidar de él y será mi amigo. Si no os gusta, peor para vosotros.

Como si lo hubiera entendido todo, Minino saltó de los brazos de su nueva ama y se frotó contra mis piernas con el rabo levantado. Después, se acercó a Kike, le lamió con su aliento a sardinas podridas y se enroscó cariñoso junto a él.

Estaba claro que había decidido quedarse con nosotros.

No sé si era un **gato encantado**, pero desde luego era encantador. Se ponía panza arriba para que lo acariciáramos y jugaba al escondite con nosotros.

Teníamos que acabar de ordenar el almacén, así

que Sofía se quedó a ayudarnos. Minino también quiso echarnos una pata. ¡Qué gato tan listo! Metía su zarpa en los sitios a los que no llegábamos y sacaba cosas que se habían colado allí: una cuerda, una pelota y...

—¡Hala! ¡Un discman! ¡Qué pasada! —exclamó Kike.

Estaba flipando con un cacharro viejo que el gato había encontrado.

—¿Qué es eso? —preguntó Sofi.

Él no dejaba de darle vueltas entre las manos.

—Un trasto para oír música que usaban nuestros abuelos. ¡Es superretro! **¡Y tiene un disco!** ¡Y altavoz!

—¿Retro? —mi prima no entendía esa palabra.

—Sí, vintage, una antigualla, un fósil. O sea, una cosa vieja que seguro que está rota y no sirve para nada —le aclaré, sin prestar mucha atención.

—¡Funciona!

Kike sonrió triunfal. Había conseguido ponerlo en marcha. Una música pasada de moda llenó el gimnasio. Nos pusimos a bailar y a hacer el ganso al ritmo de la canción que sonaba, hasta que...

Nos quedamos helados.

El rugido salió de debajo de una tela que había en un rincón. Minino estaba ante ella, con las uñas fuera, la espalda arqueada y el pelo de punta. Soplaba como una fiera enseñando sus colmillos.

—BFFFFFFFFFFFFFFF.

Me temblaban las rodillas y comencé a sudar. Sofía se agarró a mí y yo apreté la mano de Kike, que se había quedado petrificado. No me salían las palabras.

—¿Crees que es...? —balbuceé.

—Lo es —susurró él—. Es **ESO**.

La música seguía sonando y Minino no paraba de bufar y gruñir.

—GRRRRRRRR. ¡MGRAUUUUU!

—¡BASTAAAAAAAAAAAA! ¡BASTAAAAAAAAAAAAAA!

—gritó la tela, o más bien lo que había debajo de ella—.

¡DEJADME EN PAZ!

Sin quitarse la tela de encima, **ESO** se levantó dando tumbos para salir del trastero. Era enorme, no veía nada y lo iba tirando todo a su paso.

Corrió a lo loco por todo el gimnasio como un fantasma grandote y asustado, perseguido por el gato.

Cuando empezó a subir la escalera de salida, Minino se abalanzó sobre él y se quedó enganchado a la tela que lo cubría.

—¡GATITO, NOOO! —Sofía corrió a rescatar a su mascota.

Kike y yo la seguimos, temiendo por ella.

—¡SOFI, CUIDADO!

Justo antes de que el monstruo llegara al último escalón y saliera al patio, mi prima atrapó a Minino, que se quedó con la tela entre las garras.

Por un instante, antes de que huyera, pudimos ver a **ESO**.

O, mejor dicho, la espalda de **ESO**.

Era monstruosa y... **TENÍA COLA.**

"17"

MOCOS, CHISPAS Y HUELLAS DE BARRO

Otra vez estaba todo revuelto, como antes de que empezáramos a recoger. Solo que ahora teníamos algo más importante que hacer: ¡atrapar a **ESO**!

—¡Eh! Ha dejado un rastro —señalé.

En el suelo había **charquitos verdes y pegajosos**. Sofía se acercó a uno, cogió un poco con el dedo, lo miró de cerca, lo olió y arrugó la nariz, asqueada. Kike puso cara de querer vomitar.

—¡PUAG! Sofi, ¡no hagas eso! ¿No ves que son mocos?

—¡Ah, sí! ¡Uy! —rio ella, limpiándose la mano en la falda tranquilamente.

Decidimos seguir el reguero de mocos para encontrar al monstruo.

Pero, antes, teníamos que recoger el estropicio que se había armado, o nos caería una buena bronca. Eché un vistazo al lío que nos rodeaba y se me fue el alma a los pies. Nos llevaría horas volver a dejarlo todo como estaba.

—¿Por dónde empezamos? —dije sin ganas.

—Por ningún lado —respondió Kike decidido—. Hay que pillar a **ESO** antes de que se nos escape.

Tenía razón y yo lo sabía. Pero también sabía que mi madre tendría problemas con Carabesugo si no cumplíamos con el trato, así que insistí:

—No podemos irnos dejando esto así. Tenemos que...

—¡Oooh! —exclamó Sofía—. Álex, Kike, ¡mirad!

Nos volvimos hacia ella y vimos algo flipante. De los bigotes de Minino salían **chispas de colores**. A su alrededor, los objetos volaban, como si los estuviera manejando de algún modo. En un abrir y cerrar de ojos, todo quedó recolocado en su sitio.

Kike dio una palmada.

—¡Listo! Hala, ¡ya podemos irnos! Gracias, gato. *Come on, girls!* ¡Tenemos una misión!

La pista pringosa nos llevó hasta el patio de los pequeños. Allí, el pringue se mezcló con la tierra y, en el barro, vimos unas huellas colosales.

—¡Por aquí! ¡Vamos!

Las pisadas llevaban a la entrada del colegio.

Los de clase de violín salían en ese momento y

estaban alborotados. Uno de los mayores lloraba desconsolado, y los demás le daban palmaditas y trataban de animarlo.

Como siempre que veía a alguien triste, Sofía se puso a sollozar también y se empeñó en saber qué le pasaba.

—¡Ha sido **ESO**! —berreó el chico—. Estaba ensayando y se apagó la luz. Luego **ESO** entró gritando: «¡Basta, basta!». Me quitó el violín y lo estrelló contra el suelo.

¡BUAAAAAA!

—Vaya, parece que **ESO** es crítico musical —bromeé yo.

—¡Oye! ¡Que no lo estaba haciendo tan mal! —se quejó el chaval.

—Esto solo tiene una explicación: ¡**ESO** odia la

música! —dedujo Kike.

La puerta de la clase de música estaba abierta y todos los instrumentos tirados por el suelo. No había duda de que el **monstruo** había pasado por allí, aunque ya se había marchado. El reguero de huellas salía hacia el pasillo.

Allí, el rastro se volvió confuso. Había **barro y mocos** por todas partes: a la derecha, a la izquierda. Se había paseado de clase en clase, subiendo y bajando las escaleras. Era imposible saber hacia dónde se había dirigido finalmente.

—Y ahora, ¿qué hacemos? —preguntó Sofía.

Minino maulló y levantó la pata para señalar algo.

—¿La biblioteca?

A falta de una pista mejor, le hicimos caso.

No había nadie a esas horas. Estaba más silenciosa que una tumba y tan limpia y ordenada como siempre.

—Por aquí no ha pasado. Seguro —observó Kike—. Vámonos, estamos perdiendo el tiempo.

El gato se frotó contra su pierna, saltó a una estantería llena de cómics, sacó uno con la pezuña y lo tiró al suelo. Kike lo recogió y se quedó enganchado leyéndolo.

Mientras tanto, yo me puse a repasar con Sofía las pistas que teníamos:

—Es grande, peludo, tiene cola, le gusta la oscuridad… —recordé.

—¡Y suelta un montón de mocos! —añadió ella.

—Chicas, aquí pone…

—No hay tiempo, Kike. ¡Deja eso y ayúdanos, anda!

—Pero es que...

—¿Qué monstruo es peludo, tiene cola y echa mocos? —seguí.

—¡Chicas, *please*!

—¡Un hombre lobo constipado!

— **¡¡¡CHICAAAS!!!**

Kike agitó el cómic, lo abrió delante de nosotras y nos enseñó un ser peludo y moqueante, de piel marrón y arrugada, con una larga cola.

—¡Es igualito que **ESO**! —señalé.

—Es un trol —aseguró mi amigo—.

¡Y ya sé dónde va

mos a encontrarlo!

18
OBJETIVO LOS LAVABOS

Kike sabía bastante de troles, gracias a los cómics y los videojuegos. Nos contó que viven en cuevas, debajo de puentes o en lugares oscuros y sucios. Y ¿cuál era el sitio más oscuro y sucio del colegio?

—¡Los lavabos! —respondí.

Aprovechamos que estábamos en la biblioteca para conseguir más información. Según los libros, los troles eran **«seres mitológicos»**, o sea, inventados; pero algunos decían que no creer en ellos trae mala suerte. ¡Y nosotros habíamos visto uno de verdad!

—«Hay muchos tipos distintos de **troles** —leyó Kike—. De bosque y de ciudad; pequeños y grandes; con cola y sin ella. Unos comen piedras, otros se alimentan de animales, otros de humanos».

—Espero que el del cole coma piedras —le interrumpió Sofía.

—Yo también. Bueno, sigo: «Hay muchos tipos», blablablá, «pero todos tienen una cosa en común: solo salen por la noche y se esconden de día, porque la **luz del sol los convierte en piedra**».

Yo empezaba a ponerme nerviosa. Necesitaba acción.

—Todo eso está muy bien, pero ¿dice cómo atraparlos?

—Espera, aquí hay algo interesante: «Algunos troles odian la música y se enfurecen con los ruidos fuertes».

—¡Lo tengo! —exclamé.

Sin perder ni un minuto, les conté mi plan:

MISIÓN TROL

Paso 1: Avisar en casa de que dormiremos fuera.

    OBJETIVO: Pasar la noche en el cole, hasta el amanecer.

    EXCUSA: Cada uno dirá que va a casa del otro.

Paso 2: Colarnos en el colegio de noche y buscar al trol.

    DÓNDE: En los lavabos.

Paso 3: Conseguir que salga de su escondrijo.

CÓMO: Cantando y haciendo ruido.

Paso 4: Que nos persiga hasta la calle justo cuando salga el sol.

OBJETIVO: que se convierta en piedra.

¡IMPORTANTE!

Si lo sacamos cuando todavía es muy de noche, se escapará.

Si tardamos mucho y ya ha amanecido, no saldrá.

El primer paso fue fácil. A mi madre le pareció bien que fuera a una fiesta de pijamas en casa de Kike. Mi amigo tampoco tuvo problemas cuando avisó de que dormiría en nuestra casa.

A Sofi, en cambio, no la dejaron acompañarnos. Su madre dijo que era «demasiado pequeña para esas juergas». Al menos le dejaron quedarse con **Minino**, así que no protestó.

Entrar en el cole de noche tampoco nos costó. Me reuní con Kike junto a la verja de entrada. Venía muy bien preparado. Traía ganchos y horquillas para abrir las puertas.

Quedaban muchas horas hasta el amanecer y estábamos cansados.

—Podemos ir al gimnasio y echarnos un rato sobre las colchonetas —propuse.

A Kike esa idea no le convencía.

—¿Y si está el trol?

—No creo que vuelva ahí. Ahora es un sitio limpio y ordenado. Seguro que se encuentra más cómodo entre los váteres.

—Vale, pero baja tú primero a mirar, por si acaso.

Bajé las estrechas escaleras y revisé cada rincón, usando una linterna para no tener que encender la luz. Cuando le aseguré que no había nadie, Kike vino y se tumbó a mi lado. Puso una alarma en su reloj, por si nos quedábamos dormidos... Y nos quedamos dormidos.

Con lo que no contábamos era con que, para el trol, la noche era el momento de dar paseos.

Roncábamos plácidamente cuando nos despertó el atronador sonido de su voz, gritando:

¡CENAAAAAAAAAA!

Un chorro de baba cayó sobre nosotros.

19
UN OKUPA EN LA GUARIDA

El trol estaba de pie, al lado de nuestras colchonetas. Kike y yo nos encogimos, aterrorizados. En la oscuridad del gimnasio, solo podíamos olerlo y ver su horrible silueta.

—¡CENAAAAAAAAA! —repitió, extendiendo la mano hacia nosotros dos—. ÑAM, ÑAM.

¡Iba a devorarnos!

Cerré los ojos y lo oí masticar. Algo crujía entre sus sucios dientes. «Oh, no —pensé—, se ha comido a Kike». Él debió de creer lo mismo, porque gritó:

—¡NOOOOOO! ¡ÁLEEEEEEX!

—¡Kike! ¡Estás vivo!

—¡GRRRRRRAAAAAAH! ¡GUSAAANOS! ¡FUERAAA!

—bramó el trol, entre escupitajos y trozos de patatas fritas.

¡Ni se había enterado de que estábamos allí! Solo quería la merendola de chucherías, que nos habíamos dejado olvidada por la tarde. Pero ahora que nos había visto...

¡ARRRRRRGGG! ¡LOMBRICES! ¡YO APLASTAR!

Tuvimos que correr para salvarnos. Logramos escabullirnos entre sus piernas. Subimos la escalera a toda prisa y salimos al patio.

El **trol** nos perseguía como un energúmeno, sin dejar de rugir, maldecir y moquear. Por más que corríamos, no conseguíamos dejarlo atrás.

Estábamos en la calle, tal y como habíamos planeado. Solo que todavía quedaba demasiado para que saliera el sol. Sin pensar muy bien lo que hacía, puse rumbo a casa y Kike me siguió sin protestar.

—¡Al refugio, Kike! —ordené cuando llegamos a casa.

La enclenque escalerilla de la cabaña no aguantaría el peso de aquel bestiajo. Seguro que allí estaríamos a salvo.

Me equivocaba.

El árbol sobre el que estaba nuestra guarida empezó a temblar en cuanto llegamos arriba. El trol lo agitaba con sus **manazas**, para hacernos caer como frutas maduras.

Rodamos por el suelo sucio poniéndonos perdidos. Hasta que la casita dejó de moverse de un lado a otro y empezó a retumbar. Me asomé para ver lo que pasaba.

Como no había podido hacernos bajar, el **trol** decidió subir a por nosotros. Ni siquiera se molestó en usar la escalera. Trepaba por el tronco con la agilidad de un mono.

—NIÑOS MOLESTAN. ¡YO ATRAPO NIÑOS!

Era nuestro final. Me abracé a Kike, cerré los ojos y aguanté la respiración esperando lo peor, pero...

—¡AAAAAAH! ¡MALDITOOOS! ¡GRRRRRRRRRRRRRRRR!

El trol se había quedado atascado por los hombros en la estrecha puertecita de entrada. No podía pasar ni aplastarnos con la mano.

El cielo comenzaba a clarear. Pronto amanecería, el gigante se convertiría en piedra y estaríamos a salvo... A no ser que alguien lo ayudara a entrar.

—¡¿EH?! ¡QUÉ HACES TÚ AHÍ!

¡Era Sofía! Los gritos la habían despertado. La oímos subir por la escalera.

El primer rayo de sol estaba a punto de brotar entre las nubes.

Por primera vez, vi miedo en la cara del trol. Sofía lo empujó con fuerza por el trasero.

—¡DÉÉÉ-JAAA-MEEE... ENTRAR! —dijo.

Los dos cayeron rodando dentro con una voltereta. El trol miró a Sofía con ternura y la acarició con la punta del dedo.

—**NIÑA BUENA** —luego miró alrededor y añadió—:

CASA BONITA. GUSTA A MÍ.

Resulta que, al final, no era tan malo como parecía.

—Kike, **¡el sol!** —dije acordándome de pronto.

Ya no quería que el trol se convirtiera en piedra. Tapamos la puerta y la ventana con nuestras chaquetas, a toda velocidad. Y el gigante se quedó dormido.

Pasó todo el día en la cabaña, sin que nuestros padres se enteraran de nada. Por la noche, volvimos a verlo. Se había zampado la comida de los animales y estaba feliz.

Desde que arreglaron el viejo gimnasio, se había quedado sin casa y por eso vagaba por el cole molestando a todo el mundo.

—**YO QUEDO AQUÍ. CASA BONITA** —nos dijo.

A Sofía casi le da un **SOPONCIO**.

20
HÉROES... O NO

El trol se negó a marcharse. Si queríamos recuperar nuestra cabaña, tendríamos que encontrarle un nuevo hogar.

Hicimos una lista de sitios posibles:

- Gruta de los Huesos.
- Molino viejo.
- Puente del maizal.
- Fábrica abandonada.

Pero no tuvimos suerte.

El lunes me moría de ganas de ir a clase: las **huellas del trol** seguirían allí, todos estarían nerviosos y asustados, contaríamos lo que había pasado y seríamos héroes. Hasta la directora nos lo agradecería. Puede que incluso nos dieran un premio.

Tiré de Sofía, que se quedaba atrás.

—Venga, ¿a qué esperas?

—¿Has visto a Minino? No lo encuentro por ninguna parte.

—Ya aparecerá. ¡Vamos, date prisa!

El cole estaba muy tranquilo. **Demasiado**. No había ni rastro de huellas, barro o mocos. En la clase de música todo estaba en su sitio, no había nada roto. Allí encontré a Kike, tan sorprendido como yo.

—Pero ¿quién ha arreglado esto?

Desde un rincón, Minino sonrió y nos guiñó su ojo verde.

Charly entró corriendo.

—¡Eh! ¿Os habéis enterado?

¡Al fin alguien que iba a hablar de nuestra hazaña! Me estiré orgullosa, aunque intenté no parecer creída.

—Bueno..., sí... No fue para tanto, ¿sabes? El trol no era tan malo. ¿Verdad, Kike?

—No, al final era majo —me apoyó él.

—**¿Qué trol?** —dijo el chico—. Hablo de uno que ha visto una cosa debajo de su cama.

—¿Un perrito? —preguntó Sofía.

—¿Una pelusa? —pregunté yo.

—¿Una Temblequestation 5345? —preguntó Kike.

—¡No! **UNA CRIATURA DE LAS TINIEBLAS**. O, al menos, algo que se comió sus zapatillas. No lo tiene claro.

Parecía que los misterios se acumulaban en Pesavilla.

Ahora que habíamos conseguido que el trol dejara de ser un problema, sentí que teníamos una nueva misión ante nosotros: descubrir la verdad de estos misterios.

Al fin y al cabo, nos estábamos convirtiendo en especialistas en cosas **esperruznantes**, **horripilosas** y **espantatosas**. ¡Y seguro que habría muchas más!

Mi nueva vida en Pesavilla iba a ser muy

INTERE-SANTE.

ELLOS TEMBLARÁN DE MIEDO...
¡TÚ DE RISA!

¡NO TE PIERDAS NINGUNA DE SUS AVENTURAS!